OS FUNGOS DE YUGGOTH

ESCRITO POR

H.P. LOVECRAFT

TRADUZIDO POR

CARLOS ORSI

EDIÇÃO BILÍNGUE

ISBN-10: 1-953215-84-X

ISBN-13: 978-1-953215-84-0

Publicado pela Pickman's Press, Edgewood, NM, EUA

ÍNDICE

UMA BREVE INTRODUÇÃO

H.P. Lovecraft foi um poeta e autor americano, principalmente de histórias de terror e ficção estranha, durante as décadas de 1920 e 30. Seu trabalho foi relativamente obscuro e desconhecido durante sua vida, e ele morreu na pobreza aos 46 anos de idade, de câncer no estômago. Porém, nas décadas que se seguiram à sua morte, seu trabalho se tornou famoso. Suas histórias foram publicadas repetidas vezes, traduzidas para mais de uma dúzia de idiomas diferentes e são lidas ainda hoje. Seu estilo único de "horror cósmico" revolucionou o gênero de terror e influenciou gerações de escritores e cineastas de terror, incluindo Stephen King e Guillermo del Toro. Em 2016, oitenta anos após sua morte, ele foi adicionado ao Hall da Fama da Ficção Científica e Fantasia.

Porém, por muitos anos Lovecraft considerou-se principalmente um poeta. *Os Fungos de Yuggoth* é de longe sua coleção de poemas mais conhecida e amplamente lida, provavelmente devido à sua conexão com sua criação mais famosa, os Mitos de Cthulhu. Nestes versos você encontrará referências a divindades dos Mitos como Azathoth, Nyarlathotep e o Rei de Amarelo; monstros dos Mitos incluindo Nightgaunts, Shoggoths, Elder Things e Parducho; e locais como Arkham, Dunwich, Innsmouth, Platô de Leng e, claro, Yuggoth.

Quase todos os trinta e seis sonetos (poemas de quatorze versos) foram escritos em uma explosão de energia criativa durante uma única semana centrada no dia de Ano Novo, abrangendo o final de 1929 e o início de 1930. No entanto, inicialmente eles não foram publicados juntos. Ao longo dos anos seguintes, a maioria dos poemas foi publicada separadamente, ou ocasionalmente em pares, em várias revistas – principalmente *Weird Tales*, mas também em quase meia dúzia de outros locais. Somente vários anos após a morte de Lovecraft (em 1937) é que todo o ciclo de poemas foi finalmente reunido em *Beyond the Wall of Sleep*, publicado pela Arkham House em 1943. Foi August Derleth - amigo, protegido e executor literário de Lovecraft - quem primeiro organizou a ordem dos poemas, sequência que continua até hoje. Infelizmente, nós não temos ideia se esta é a ordem em que o próprio Lovecraft teria colocado os poemas – presumindo que ele os teria ordenado.

Os críticos literários continuam a discutir se *Os Fungos de Yuggoth* é um poema narrativo (aquele que conta uma história em rima) ou um ciclo de poemas (uma coleção de poemas individuais separados com um tópico ou tema compartilhado). O fato de Lovecraft se contentar perfeitamente em publicar os poemas separadamente em revistas diferentes, entretanto, sugere fortemente que ele os considerava um ciclo de poemas. Certamente os diferentes sonetos têm mais humor, atmosfera e imagens em comum do que um enredo contínuo.

Isso não impediu que críticos e fãs tentassem encontrar uma narrativa em *Os Fungos de Yuggoth*. Certamente os três primeiros poemas parecem contar uma história: em uma antiga livraria, o narrador encontra um antigo tomo de conhecimento oculto, o rouba e corre para casa. Assim que ele começa a examinar e ler o livro, coisas estranhas começam a acontecer. *Depois* dos três primeiros sonetos, porém, é muito mais difícil identificar um enredo coerente. Parece que o narrador usa o livro de feitiços para invocar um demônio, que o leva em uma viagem pelo espaço e pelo tempo. Os diferentes poemas, portanto, descrevem os diferentes planetas, dimensões e realidades alternativas que o narrador visita, muitas vezes simultaneamente belos e aterrorizantes.

Outro argumento que apoia *Os Fungos de Yuggoth* terem uma narrativa é a existência de um conto incompleto que Lovecraft escreveu, *O Livro*, que é fortemente paralelo aos três primeiros sonetos (e está incluído em um apêndice no final deste livro). É geralmente aceito que este fragmento da história foi uma tentativa de Lovecraft de traduzir o ciclo de poemas *Os Fungos de Yuggoth* para prosa. Infelizmente, Lovecraft abandonou o projeto e *O Livro* nunca foi concluído.

Ou pelo menos não pelo próprio Lovecraft. Mais de quarenta anos após a morte de Lovecraft, Martin S. Warnes tentou completar *O Livro* em uma "colaboração póstuma" com Lovecraft. O resultado foi *The Black Tome of Alsophocus,* publicado pela Arkham House em 1980 na antologia *New Tales of the Cthulhu Mythos.* Leitores curiosos poderão encontrá-lo no site da Pickman's Press (pickmanspress.com/black_tome_of _alsophocus.html), embora esteja disponível apenas em inglês, pois nunca foi traduzido para o português.

Por fim, devemos também reconhecer a habilidade do tradutor Carlos Orsi. Traduzir poesia para outro idioma é especialmente desafiador porque uma tradução direta, palavra por palavra, muitas vezes elimina a rima e a métrica do poema. O tradutor precisa modificar a linguagem do poema apenas o suficiente para recriar o ritmo e a rima e, ao mesmo tempo, permanecer o mais próximo possível do significado original. Nesse caso, ao traduzir os trinta e seis sonetos para o português brasileiro, Orsi tentou (na medida do possível) preservar o esquema de rima do texto original em inglês. Quanto à métrica, ele a sacrificou em nome da clareza e do fluxo narrativo que é parte integrante de muitos dos poemas. Ele espera que você goste de ler a tradução dele tanto quanto ele gostou de escrevê-la.

I. THE BOOK

The place was dark and dusty and half-lost
In tangles of old alleys near the quays,
Reeking of strange things brought in from the seas,
And with queer curls of fog that west winds tossed.
Small lozenge panes, obscured by smoke and frost,
Just showed the books, in piles like twisted trees,
Rotting from floor to roof—congeries
Of crumbling elder lore at little cost.

I entered, charmed, and from a cobwebbed heap
Took up the nearest tome and thumbed it through,
Trembling at curious words that seemed to keep
Some secret, monstrous if one only knew.
Then, looking for some seller old in craft,
I could find nothing but a voice that laughed.

I. O Livro

Era escuro, poeirento e meio perdido entre os lugares
Perto das docas, em labirintos de becos emaranhados
Fedendo às coisas alheias trazidas pelos mares,
E com arabescos de névoa, pelo vento desenhados.
Pequenos vidros em losango, obscurecidos pela fumaça e
    congelados,
Mal mostravam os livros, amontoados em retorcidos pilares,
Apodrecendo do chão ao teto – andares
De antigo saber ao preço de poucos trocados.

Entrei, encantado, e de uma pilha coberta por teias de
    aranha
Tomei o tomo mais próximo e o folheei por inteiro,
Trêmulo diante de palavras cheias de artimanha
Que pareciam guardar algum segredo, monstruoso.
Então, procurando por um vendedor velho e experiente,
Nada encontrei, exceto um riso demente.

II. PURSUIT

I held the book beneath my coat, at pains
To hide the thing from sight in such a place;
Hurrying through the ancient harbor lanes
With often-turning head and nervous pace.
Dull, furtive windows in old tottering brick
Peered at me oddly as I hastened by,
And thinking what they sheltered, I grew sick
For a redeeming glimpse of clean blue sky.

No one had seen me take the thing—but still
A blank laugh echoed in my whirling head,
And I could guess what nighted worlds of ill
Lurked in that volume I had coveted.
The way grew strange—the walls alike and madding—
And far behind me, unseen feet were padding.

II. PERSEGUIÇÃO

Guardei o livro sob o casaco, esforçando-me
Para mantê-lo escondido, por prudência;
Apressando-me pelas alamedas do porto íngreme,
Olhando para trás e caminhado com impaciência.
Janelas opacas em prédios de tijolo desgastado
Observavam-me enquanto eu me dirigia para o sul,
E, pensando no que elas escondiam, senti-me enjoado,
Ansiando por um vislumbre de céu azul.

Ninguém me viu sair com a coisa – mas ainda assim
Um riso vazio ecoou em minha cabeça que delirava,
E imaginei que mundos de noite sem fim
Espreitavam no volume que eu cobiçava.
O caminho tornou-se estranho – as paredes confundindo,
    enlouquecendo –
E, ao longe, atrás de mim, pés misteriosos correndo.

III. THE KEY

I do not know what windings in the waste
Of those strange sea-lanes brought me home once more,
But on my porch I trembled, white with haste
To get inside and bolt the heavy door.
I had the book that told the hidden way
Across the void and through the space-hung screens
That hold the undimensioned worlds at bay,
And keep lost aeons to their own demesnes.

At last the key was mine to those vague visions
Of sunset spires and twilight woods that brood
Dim in the gulfs beyond this earth's precisions,
Lurking as memories of infinitude.
The key was mine, but as I sat there mumbling,
The attic window shook with a faint fumbling.

III. A CHAVE

Não sei que descaminhos na vastidão
Daquelas vielas à beira-mar levaram-me de volta à casa,
Mas em meu umbral tremi, lívido com apreensão
Para entrar e na porta passar a trava.
Tinha o livro que trazia o caminho oculto,
Cruzando o vácuo e através das muralhas de espaço
Que mantêm afastados mundos sem dimensão
E aprisionam as épocas perdidas em seu regaço.

Afinal, era minha a chave para as vagas visões
De torres ao crepúsculo e bosques de pôr-do-sol
Que meditam nos abismos além das precisões
Desta terra, espreitando como memórias de infinito.
A chave era minha, mas enquanto eu esperava,
    murmurando
A janela do sótão balançou levemente, chacoalhando.

IV. RECOGNITION

The day had come again, when as a child
I saw—just once—that hollow of old oaks,
Grey with a ground-mist that enfolds and chokes
The slinking shapes which madness has defiled.
It was the same—an herbage rank and wild
Clings round an altar whose carved sign invokes
That Nameless One to whom a thousand smokes
Rose, aeons gone, from unclean towers up-piled.

I saw the body spread on that dank stone,
And knew those things which feasted were not men;
I knew this strange, grey world was not my own,
But Yuggoth,[*] past the starry voids—and then
The body shrieked at me with a dead cry,
And all too late I knew that it was I!

---

[*] A fictional planet at the edge of the solar system, the home of the Mi-Go aliens. See Lovecraft's short story *The Whisperer in Darkness.*

IV. RECONHECIMENTO

O dia chegara novamente, quando enquanto criança
Vi – apenas uma vez – aquela clareira entre velhos car-
    valhos,
Cinzenta com a névoa do chão que envolve e sufoca,
A forma rastejante que na loucura dança.
Era a mesma coisa – uma erva selvagem e rançosa,
Que se agarra a um altar cujos signos entalhados invocavam
O Inominado, para quem mil chaminés fumegavam
Erguendo-se, em eras passadas, de altura poderosa.

Vi o corpo sobre a pedra úmida esticado,
E soube que as coisas que ali se alimentavam não eram
    humanas;
Eu soube que este mundo estranho, cinzento, não era o
    que estava acostumado,
E sim Yuggoth,[*] além dos vazios estrelados – e então,
O corpo gritou comigo na voz de alguém que já morreu
E, tarde demais, soube que aquele era eu!

---

[*] Um planeta fictício no limite do sistema solar, lar dos alienígenas
  Mi-Go. Veja o conto de Lovecraft, *Um sussurro na escuridão*.

V. HOMECOMING

The daemon said that he would take me home
To the pale, shadowy land I half recalled
As a high place of stair and terrace, walled
With marble balustrades that sky-winds comb,
While miles below a maze of dome on dome
And tower on tower beside a sea lies sprawled.
Once more, he told me, I would stand enthralled
On those old heights, and hear the far-off foam.

All this he promised, and through sunset's gate
He swept me, past the lapping lakes of flame,
And red-gold thrones of gods without a name
Who shriek in fear at some impending fate.
Then a black gulf with sea-sounds in the night:
"Here was your home," he mocked, "when you had
    sight!"

V. Volta ao Lar

O espírito disse que me levava para a moradia,
Para a terra pálida e sombria de que eu quase me lembrava,
Um lugar de terraço elevado, escadas e muralha alva
Com balaustrada que o vento repartia;
Enquanto milhas abaixo, um labirinto de cúpulas sobre
    rompantes
E de torres sobre torres junto ao mar se lançava, espa-
lhado.
Uma vez mais, disse-me ele, eu ficaria maravilhado
Naquelas antigas alturas e ouviria as espumas distantes.

Tudo isso prometeu ele, e pelo portão do poente
Arrebatou-me, além dos lagos de chama,
E dos tronos de ouro vermelho que ninguém clama,
Mas que gritam com medo de um destino decadente.
E então um golfo negro de sons do mar na escuridão:
"Aqui era o seu lar", zombou ele, "quando você tinha
    visão!"

VI. THE LAMP

We found the lamp inside those hollow cliffs
Whose chiseled sign no priest in Thebes could read,
And from whose caverns frightened hieroglyphs
Warned every living creature of earth's breed.
No more was there—just that one brazen bowl
With traces of a curious oil within;
Fretted with some obscurely patterned scroll,
And symbols hinting vaguely of strange sin.

Little the fears of forty centuries meant
To us as we bore off our slender spoil,
And when we scanned it in our darkened tent
We struck a match to test the ancient oil.
It blazed—great God!—but the vast shapes we saw
In that mad flash have seared our lives with awe.

VI. A LÂMPADA

Encontramos a lâmpada dentro daqueles morros esvaziados
Cujo signo entalhado mistificava até mesmo de Tebas os
    mestres,
E contra cujas cavernas hieróglifos assustados
Precaviam todas as criaturas terrestres.
Nada mais havia lá – apenas o vasilhame dourado
Com vestígios de um curioso óleo em seu interior;
Por entalhes de um obscuro padrão era marcado,
E símbolos sugerindo vagamente um estranho pecado.

Os medos de quarenta séculos pouco portento
Tinham para nós quando saímos com nosso espólio,
E quando o estudamos em nosso escuro acampamento
Acendemos um fósforo para testar o óleo.
Ele refulgia – grande Deus! ... As formas vastas que vimos,
    entretanto,
Naquele lampejo louco escorcharam nossas vidas com
    espanto.

VII. ZAMAN'S HILL

The great hill hung close over the old town,
A precipice against the main street's end;
Green, tall, and wooded, looking darkly down
Upon the steeple at the highway bend.
Two hundre d years the whispers had been heard
About what happened on the man-shunned slope—
Tales of an oddly mangled deer or bird,
Or of lost boys whose kin had ceased to hope.

One day the mail-man found no village there,
Nor were its folk or houses seen again;
People came out from Aylesbury[*] to stare…
Yet they all told the mail-man it was plain
That he was mad for saying he had spied
The great hill's gluttonous eyes, and jaws stretched wide.

---

[*] A fictional small town near Dunwich in the imaginary "Lovecraft Country" of Massachusetts, USA.

VII. MONTE ZAMAN

O grande monte ficava perto da velha cidade,
Um precipício de encontro ao fim da rua mais importante;
Verde, alto, olhando para baixo com grande idade
Para a torre onde a estrada fazia uma curva antes de seguir
     adiante.
Por duzentos anos, em sussurros boatos foram espalhados
Sobre o que acontecida na encosta evitada pelos viventes,
Contos de cervos ou pássaros estranhamente mutilados
Ou de crianças perdidas, sem esperança para os parentes.

Um dia, o carteiro não encontrou cidade no lugar,
E nem o povo ou as casas foram vistos outra vez.
Pessoas vinham de Aylesbury[*] para olhar –
E, no entanto, todos disseram ao carteiro que, sem talvez,
Era claro que ele estava louco ao dar o alerta
De que vira os olhos famintos do monte e a mandíbula
     aberta.

---

[*] Uma pequena cidade fictícia perto de Dunwich, no imaginário "País
de Lovecraft" de Massachusetts, EUA.

VIII. THE PORT

Ten miles from Arkham[*] I had struck the trail
That rides the cliff-edge over Boynton Beach,
And hoped that just at sunset I could reach
The crest that looks on Innsmouth in the vale.
Far out at sea was a retreating sail,
White as hard years of ancient winds could bleach,
But evil with some portent beyond speech,
So that I did not wave my hand or hail.

Sails out of lnnsmouth![†] Echoing old renown
Of long-dead times. But now a too-swift night
Is closing in, and I have reached the height
Whence I so often scan the distant town.
The spires and roofs are there—but look! The gloom
Sinks on dark lanes, as lightless as the tomb!

---

[*] A fictional city on the Miskatonic River in the imaginary "Lovecraft Country" of Massachusetts, USA. Home to Miskatonic University.

[†] A fictional small fishing village where half-human, half-fish monsters live. See Lovecraft's short story *The Shadow Over Innsmouth*.

VIII. O PORTO

A dez milhas de Arkham* encontrei o acesso
Que sobre a Praia Boynton o penhasco margeia
E esperei conseguir chegar antes da lua cheia
À ponta da onde se vê Innsmouth no vale.
No mar ao longe, uma vela sumia, lento progresso,
Branca, descorada por duros anos de ventos anciãos,
Mas maligna com algum portento além da compreensão,
E por isso não acenei para desejar-lhe sucesso.

Velas que partem de Innsmouth!† Ecoando antiga glória
De tempos mortos há muito. Mas agora, aproxima-se o
    desfecho
Do dia, a noite vem rápida e, nas alturas, atingi o trecho
Da onde com frequência observo a cidade de longa história.
As torres e telhados estão lá – mas veja! A penumbra
Afunda em vielas escuras, tão sem luz quanto uma tumba!

---

* Uma cidade fictícia às margens do rio Miskatonic, no imaginário "País de Lovecraft" de Massachusetts, EUA. Lar da Universidade Miskatonic.

† Uma pequena vila de pescadores fictícia onde vivem monstros meio humanos e meio peixes. Veja o conto de Lovecraft, *A sombra em Innsmouth*.

IX. THE COURTYARD

It was the city I had known before;
The ancient, leprous town where mongrel throngs
Chant to strange gods, and beat unhallowed gongs
In crypts beneath foul alleys near the shore.
The rotting, fish-eyed houses leered at me
From where they leaned, drunk and half-animate,
As edging through the filth I passed the gate
To the black courtyard where the man would be.

The dark walls closed me in, and loud I cursed
That ever I had come to such a den,
When suddenly a score of windows burst
Into wild light, and swarmed with dancing men:
Mad, soundless revels of the dragging dead—
And not a corpse had either hands or head!

IX. O PÁTIO

Era a cidade que eu conhecera antes;
A velha vila leprosa, onde depravadas multidões
Tocam gongos profanos e a deuses estranhos lançam
    orações
Em criptas sob becos imundos – do mar, nada distantes.
A rua, da onde se inclinavam as moradas, a mim sorria,
Com casas de janelas vazias, bêbadas e meio vivas na
    solidão,
Enquanto, passando pela imundície, cruzei o portão
Para o pátio escuro onde o homem estaria.

Os muros escuros fecharam-se e, em gritos fesceninos,
Amaldiçoei um dia ter vindo a tal covil,
Quando de repente uma vintena de janelas explodiu
Em luz selvagem e encheram-se todas de dançarinos:
Deleite louco e mudo, festa dos mortos e da doença –
E nenhum cadáver tinha sequer mãos ou cabeça!

X. THE PIGEON-FLYERS

They took me slumming, where gaunt walls of brick
Bulge outward with a viscous stored-up evil,
And twisted faces, thronging foul and thick,
Wink messages to alien god and devil.
A million fires were blazing in the streets,
And from flat roofs a furtive few would fly
Bedraggled birds into the yawning sky
While hidden drums droned on with measured beats.

I knew those fires were brewing monstrous things,
And that those birds of space had been *Outside*—
I guessed to what dark planet's crypts they plied,
And what they brought from Thog[*] beneath their wings.
The others laughed—till struck too mute to speak
By what they glimpsed in one bird's evil beak.

---

[*] Thog and Thok are twin moons of the fictional planet Yuggoth.

X. OS CRIADORES DE POMBOS

Eles me levaram aos cortiços, onde paredes pouco maciças
Incham-se com o acúmulo de viscosas maldades,
E faces retorcidas, juntado-se, numerosas e morrediças
Piscam mensagens a estranhos demônios e divindades.
Nas ruas, um milhão de fogueiras ardia,
E dos terraços alguns poucos alçavam voo, sem lamento
Pássaros coxos no amplo firmamento
Enquanto, em tambores ocultos, um ritmo comedido batia.

Eu sabia que nas fogueiras coisas monstruosas se faziam,
E que aqueles pássaros do espaço tinham estado *Lá fora* –
Adivinhei para as criptas de qual planeta escuro se dirigiam
E o que trariam de Thog[*] sob suas asas quando chegasse a
  hora.
Os outros riam – até que sobre eles caiu uma mudez
Causada pelo que viram no bico maligno do pássaro
  naquela vez.

---

[*] Thog e Thok são luas gêmeas do planeta fictício Yuggoth.

XI. THE WELL

Farmer Seth Atwood was past eighty when
He tried to sink that deep well by his door,
With only Eb to help him bore and bore.
We laughed, and hoped he'd soon be sane again.
And yet, instead, young Eb went crazy, too,
So that they shipped him to the county farm.
Seth bricked the well-mouth up as tight as glue—
Then hacked an artery in his gnarled left arm.

After the funeral we felt bound to get
Out to that well and rip the bricks away,
But all we saw were iron hand-holds set
Down a black hole deeper than we could say.
And yet we put the bricks back—for we found
The hole too deep for any line to sound.

XI. O POÇO

O fazendeiro Seth Atwood tinha mais de oitenta anos
Quando tentou abrir um poço profundo junto à porta,
Tendo apenas Eb para ajudá-lo escavar a terra morta.
Rimos, esperando que logo abandonasse seus planos
    insanos.
Mas, em vez disso, o jovem Eb também ficou alucinado
E tiveram de mandá-lo para um asilo distante.
Seth fechou a boca do poço e deixou tudo cimentado –
Depois rasgou, no braço esquerdo, uma artéria pulsante.

Sentimos a obrigação, depois do funeral
De ir até o poço e arrancar os tijolos dali,
Mas só o que achamos foram degraus de metal
Descendo no buraco negro mais fundo que já vi.
E pusemos os tijolos de volta – pois viemos a notar
Que o buraco era mais fundo do que podíamos sondar.

XII. THE HOWLER

They told me not to take the Briggs' Hill path
That used to be the highroad through to Zoar,[*]
For Goody Watkins, hanged in seventeen-four,
Had left a certain monstrous aftermath.
Yet when I disobeyed, and had in view
The vine-hung cottage by the great rock slope,
I could not think of elms or hempen rope,
But wondered why the house still seemed so new.

Stopping a while to watch the fading day,
I heard faint howls, as from a room upstairs,
When through the ivied panes one sunset ray
Struck in, and caught the howler unawares.
I glimpsed—and ran in frenzy from the place,
And from a four-pawed thing with human face.[†]

---

[*] An abandoned small town in the imaginary "Lovecraft Country" of Massachusetts, USA.

[†] This is probably Lovecraft's monster "Brown Jenkin", a rat with a human face. See his short story *The Dreams in the Witch-House*.

XII. O UIVADOR

A trilha da Colina Briggs, avisaram-me que não a usasse
    mais,
A que tinha sido a estrada principal de Zoar[*] antigamen-
    te,
Porque Goody Watkins, em setenta e quatro enforcado,
    inclemente,
Uma monstruosa presença deixara para trás.
Ainda assim, quando desobedeci, e já avistava, numa cova,
A cabana coberta de trepadeiras junto à encosta rochosa,
Não pude pensar nos olmos ou em árvore frondosa,
Mas me perguntei por que a casa ainda parecia tão nova.

Parando um pouco para assistir ao fim do dia,
Ouvi fracos uivos, como se vindos de um quarto no co-
    rredor,
Quando, por entre as janelas, cobertas de erva macia,
Um raio de sol penetrou e surpreendeu o uivador.
Vislumbrei – e corri, frenético, para longe da cabana
E de uma coisa de quatro patas e face humana.[†]

---

[*] Uma pequena cidade abandonada no imaginário "País de Lovecraft"
de Massachusetts, EUA.

[†] Este é provavelmente o monstro "Parducho" de Lovecraft, um rato
com rosto humano. Veja seu conto *Sonhos na casa da Bruxa*.

XIII. HESPERIA[*]

The winter sunset, flaming beyond spires
And chimneys half-detached from this dull sphere,
Opens great gates to some forgotten year
Of elder splendours and divine desires.
Expectant wonders burn in those rich fires,
Adventure-fraught, and not untinged with fear;
A row of sphinxes where the way leads clear
Toward walls and turrets quivering to far lyres.

It is the land where beauty's meaning flowers;
Where every unplaced memory has a source;
Where the great river Time begins its course
Down the vast void in starlit streams of hours.
Dreams bring us close—but ancient lore repeats
That human tread has never soiled these streets.

---

[*] The Land of the Dusk, beyond the seas, according to the ancient
Greeks.

XIII. HESPÉRIA[*]

O vento do inverno, ardendo além das torres
E chaminés, quase desconectadas deste plano desfalecido,
Abrem grandes portões para um ano esquecido
De divinos desejos e antigos esplendores.
Maravilhas prenhes ardem no fogo voluptuoso
Pleno de aventura e até mesmo um pouco temeroso;
Uma fileira de esfinges marca a trilha que leva, adiante
Aos muros e torres que vibram ao som de liras distantes.

Esta é a terra onde floresce o significado da beleza;
Onde cada memória perdida encontra sua fonte;
Onde o grande Rio Tempo lança sua correnteza
Pelo amplo vácuo das horas estreladas da noite.
Nós nos aproximamos em sonho – mas antigas runas
Repetem que jamais pegada humana marcou estas ruas.

---

[*] A Terra do Crepúsculo, além dos mares, segundo os antigos gregos.

XIV. STAR-WINDS

It is a certain hour of twilight glooms,
Mostly in autumn, when the star-wind pours
Down hilltop streets, deserted out-of-doors,
But showing early lamplight from snug rooms.
The dead leaves rush in strange, fantastic twists,
And chimney-smoke whirls round with alien grace,
Heeding geometries of outer space,
While Fomalhaut* peers in through southward mists.

This is the hour when moonstruck poets know
What fungi sprout in Yuggoth, and what scents
And tints of flowers fill Nithon's continents,
Such as in no poor earthly garden blow.
Yet for each dream these winds to us convey,
A dozen more of ours they sweep away!

---

* One of the brightest stars in the sky.

XIV. Vento das Estrelas

É numa certa hora de penumbra crepuscular,
No outono, quando o vento da estrelas se derrama
Descendo das montanhas, pelas ruas vazias a soprar,
Revelando velas acesas cedo demais junto à cama.
As folhas mortas correm em fantásticos redemoinhos,
E com graça espectral a fumaça se eleva em torvelinhos,
Prenunciando geometrias do espaço profundo
Da onde Fomalhaut,[*] em meio à névoa, espia este mundo.

Esta é a hora em que os poetas lunáticos conhecem
Os fungos que brotam em Yuggoth, e sabem de quais
Matizes e perfumes as flores enchem as terras continentais
De Nithon – flores que em nenhum jardim terrestre
    florescem.
Mas para cada sonho que tais ventos trazem agora,
Uma dúzia de outros eles levam embora!

---

[*] Uma das estrelas mais brilhantes do céu.

XV. ANTARKTOS

Deep in my dream the great bird whispered queerly
Of the black cone amid the polar waste;
Pushing above the ice-sheet lone and drearly,
By storm-crazed aeons battered and defaced.
Hither no living earth-shapes take their courses,
And only pale auroras and faint suns
Glow on that pitted rock, whose primal sources
Are guessed at dimly by the Elder Ones.

If men should glimpse it, they would merely wonder
What tricky mound of Nature's build they spied;
But the bird told of vaster parts, that under
The mile-deep ice-shroud crouch and brood and bide.
God help the dreamer whose mad visions show
Those dead eyes set in crystal gulfs below!

XV. ANTARKTOS

Dentro de meu sonho o grande pássaro sussurrava
    estranhamente
A respeito do cone negro em meio à vastidão polar,
Projetando-se solitário acima do gelo, terrivelmente,
Por milênios de loucas tempestades, espancado até se
    deformar.
Nenhum caminho leva até ali criatura terrestre desgarrada,
E apenas auroras pálidas e sóis de brilhos mortiços
Lançam sua luz sobre a rocha esburacada,
Cuja origem desconhecem até mesmo os Antigos.

Se homens o vissem, apenas especulariam
Que curioso monte criado pela Natureza observavam;
Mas o pássaro me falou de partes vastas, que se esconderiam
Sob a mortalha de gelo, e que a grande profundidade
    meditavam
Esperando o tempo passar. E que Deus ajude o sonhador
Cujas visões mostrem os olhos mortos incrustados no
    abismo inferior!

XVI. The Window

The house was old, with tangled wings outthrown,
Of which no one could ever half keep track,
And in a small room somewhat near the back
Was an odd window sealed with ancient stone.
There, in a dream-plagued childhood, quite alone
I used to go, where night reigned vague and black;
Parting the cobwebs with a curious lack
Of fear, and with a wonder each time grown.

One later day I brought the masons there
To find what view my dim forbears had shunned,
But as they pierced the stone, a rush of air
Burst from the alien voids that yawned beyond.
They fled—but I peered through and found unrolled
All the wild worlds of which my dreams had told.

XVI. A JANELA

A casa era velha, projetando alas emaranhadas,
Das quais ninguém poderia manter um traçado,
E num pequeno quarto, da frente afastado,
Havia uma estranha janela, com rocha lacrada.
Ali, numa infância infestada de sonhos e isolada
Eu costumava ir, partindo as teias de aranha
Na escuridão com uma falta de medo que era estranha
E com um assombro cada vez mais açodado.

Anos mais tarde, até lá levei pedreiros
Para descobrir o que meus distantes ancestrais
Haviam isolado; mas da pedra perfurada saíram ventos
  ligeiros
Soprados do além onde se abrem os vácuos abissais.
Eles fugiram – mas eu olhei para dentro e vi, desenrolados,
Todos os mundos delirantes que meus sonhos tinham
  narrado.

XVII. A Memory

There were great steppes, and rocky table-lands
Stretching half-limitless in starlit night,
With alien campfires shedding feeble light
On beasts with tinkling bells, in shaggy bands.
Far to the south the plain sloped low and wide
To a dark zigzag line of wall that lay
Like a huge python of some primal day
Which endless time had chilled and petrified.

I shivered oddly in the cold, thin air,
And wondered where I was and how I came,
When a cloaked form against a campfire's glare
Rose and approached, and called me by my name.
Staring at that dead face beneath the hood,
I ceased to hope—because I understood.

XVII. UMA MEMÓRIA

Havia grandes estepes, e planaltos rochosos
Abrindo-se quase sem limite na noite estrelada
Que por estranhas fogueiras era fracamente iluminada,
Revelando feras em bandos, com sinos melodiosos.
Longe, ao sul, a planície inclinava-se e descia
Até o ziguezague escuro de uma muralha que jazia
Como um enorme píton de um dia passado
Que o tempo infinito tivesse petrificado.

Tremi estranhamente na atmosfera rarefeita e gelada,
E me perguntei como vim aqui, e onde estou,
Quando uma forma, pela fogueira iluminada
Levantou-se, aproximando-se, e meu nome chamou.
Olhando, sob o capuz, para a face morta que havia ali
Parei de ter esperança – porque então, entendi.

XVIII. THE GARDENS OF YIN

Beyond that wall, whose ancient masonry
Reached almost to the sky in moss-thick towers,
There would be terraced gardens, rich with flowers,
And flutter of bird and butterfly and bee.
There would be walks, and bridges arching over
Warm lotus-pools reflecting temple eaves,
And cherry trees with delicate boughs and leaves
Against a pink sky where the herons hover.

All would be there, for had not old dreams flung
Open the gate to that stone-lanterned maze
Where drowsy streams spin out their winding ways,
Trailed by green vines from bending branches hung?
I hurried—but when the wall rose, grim and great,
I found there was no longer any gate.

XVIII. OS JARDINS DE YIN

Além daquela muralha, cuja antiga estrutura,
Coberta de musgo, quase tocava o céu com suas torres,
Haveria jardins em terraços, repletos de flores,
Com borboletas, pássaros e mel em fartura.
Haveria passeios, e pontes que com graça
Passam sobre lagos de loto refletindo beirais de igrejas,
E as folhas delicadas de árvores carregadas de cerejas
De encontro ao céu róseo onde flutuam as garças.

Tudo estaria lá, pois não haviam os velhos sonhos escan-
     carado
Os portões daquele labirinto, de pedra revestido,
Onde riachos sonolentos criam um delicado tecido,
Por árvores retorcidas e verdes trepadeiras decorado?
Corri – mas quando a muralha vi, sinistra em sua imensidão
Descobri que não havia mais portão.

XIX. THE BELLS

Year after year I heard that faint, far ringing
Of deep-toned bells on the black midnight wind;
Peals from no steeple I could ever find,
But strange, as if across some great void winging.
I searched my dreams and memories for a clue,
And thought of all the chimes my visions carried;
Of quiet Innsmouth, where the white gulls tarried
Around an ancient spire that once I knew.

Always perplexed I heard those far notes falling,
Till one March night the bleak rain splashing cold
Beckoned me back through gateways of recalling
To elder towers where the mad clappers tolled.
They tolled—but from the sunless tides that pour
Through sunken valleys on the sea's dead floor.

XIX. OS SINOS

Ano após ano ouvi o badalar fraco e distante
De sinos graves no vento escuro da meia-noite;
Toque alheio a todo e qualquer carrilhão
Conhecido, mas que parecia cruzar ampla vastidão.
Perscrutei meus sonhos em busca de uma pista
E pensei em todos os címbalos que meus delírios mos-
    travam;
Na silenciosa Innsmouth, onde gaivotas revoavam
Ao redor de uma velha torre, antigamente vista.

Perplexo, eu ouvia a nota distante, ilusória
Até que numa noite de março, a chuva, batendo gelada
Levou-me a cruzar novamente os portões da memória
Rumo a torres anciãs de onde partia a louca toada.
Das marés que se derramam escuras partia o toque arcano,
Dos vales profundos do leito morto do oceano.

XX. NIGHT-GAUNTS

Out of what crypt they crawl, I cannot tell,
But every night I see the rubbery things,
Black, horned, and slender, with membraneous wings,
And tails that bear the bifid barb of hell.
They come in legions on the north wind's swell,
With obscene clutch that titillates and stings,
Snatching me off on monstrous voyagings
To grey worlds hidden deep in nightmare's well.

Over the jagged peaks of Thok they sweep,
Heedless of all the cries I try to make,
And down the nether pits to that foul lake
Where the puffed shoggoths[*] splash in doubtful sleep.
But oh! If only they would make some sound,
Or wear a face where faces should be found!

---

[*] Giant gelatinous monsters created by Lovecraft. See his short story *At the Mountains of Madness*.

XX. ESPREITADORES NOTURNOS

De que cripta surgem, está além de minha compreensão,
Mas toda noite vejo as coisas ominosas,
Escuras, de chifre, e magras, com asas membranosas,
E caudas que trazem do inferno o bífido ferrão.
Elas vêm no vento norte, uma legião,
E ferem e excitam ao me agarrar com mãos odiosas,
Levando-me para realizar viagens monstruosas
Por mundos cinzentos de pesadelo e escuridão.

Sobre os picos quebrados de Thok elas se lançam,
Ignorando todos os meus brados
E descem às profundezas do fétido lago
Onde, inquietos, os shoggots[*] inchados descansam.
Mas, oh! Se elas pudessem ao menos um som produzir,
Ou usar um rosto onde rostos deveriam existir!

---

[*] Monstros gigantes gelatinosos criados por Lovecraft. Veja seu conto *Nas montanhas da loucura*.

XXI. NYARLATHOTEP[*]

And at the last from inner Egypt came
The strange Dark One to whom the fellahs[†] bowed;
Silent and lean and cryptically proud,
And wrapped in fabrics red as sunset flame.
Throngs pressed around, frantic for his commands,
But leaving, could not tell what they had heard;
While through the nations spread the awestruck word
That wild beasts followed him and licked his hands.

Soon from the sea a noxious birth began;
Forgotten lands with weedy spires of gold;
The ground was cleft, and mad auroras rolled
Down on the quaking citadels of man.
Then, crushing what he chanced to mould in play,
The idiot Chaos blew Earth's dust away.

------

[*] A fictional diety in the Cthulhu Mythos; also called "The Crawling Chaos", he is the Messenger of the Outer Gods. See Lovecraft's short story *Nyarlathotep*.

[†] Peasants, usually farmers, in the Middle East and North Africa.

XXI. NYARLATHOTEP[*]

E finalmente da terra do Egito veio o Obscuro
Forasteiro diante de quem se curvam as gentes;
Silente e delgado e cheio de críptico orgulho,
Envolto em tecido rubro com o fogo de inúmeros poentes.
Multidões aguardam fanaticamente pelo sermão,
Mas ao partir não sabem dizer o que tinham escutado;
Enquanto pelas nações espalha-se, e com espanto é
    narrado,
Que feras selvagens o acompanham e lambem suas mãos.

Logo, no mar tem início um tóxico renascer;
Terras esquecidas com torres douradas, de algas cobertas;
O chão se parte, e loucas auroras se veem libertas
Sobre as humanas cidades, que não param de tremer.
Então, esmigalhando o que havia moldado ao brincar,
Com um sopro o Caos idiota fez o que restava da Terra voar.

---

[*] Uma divindade fictícia nos Mitos de Cthulhu; também chamado de
"Caos Rastejante", ele é o Mensageiro dos Deuses Exteriores. Veja
o conto de Lovecraft, *Nyarlathotep*.

XXII. AZATHOTH[*]

Out in the mindless void the daemon bore me,
Past the bright clusters of dimensioned space,
Till neither time nor matter stretched before me,
But only Chaos, without form or place.
Here the vast Lord of All in darkness muttered
Things he had dreamed but could not understand,
While near him shapeless bat-things flopped and fluttered
In idiot vortices that ray-streams fanned.

They danced insanely to the high, thin whining
Of a cracked flute clutched in a monstrous paw,
Whence flow the aimless waves whose chance combining
Gives each frail cosmos its eternal law.
"I am His Messenger," the daemon said,
As in contempt he struck his Master's head.

---

[*] The greatest deity in the Cthulhu Mythos; also called "The Blind Idiot God".

XXII. AZATHOTH[*]

Para dentro do vácuo irracional o demônio levou a mim,
Além dos aglomerados brilhantes do espaço dimensional,
Até que nem tempo ou matéria houvesse diante de mim,
Mas apenas Caos, sem forma ou local.
Aqui, o vasto Senhor de Tudo na escuridão balbuciava
Coisas que havia sonhado, mas que não tinham senso,
E ao redor um bando de morcegos disformes revoava
Excitado por raios de luz, num vórtice intenso.

Elas dançavam loucamente ao som do lamento, agudo,
    perplexo
De uma flauta rachada agarrada por abominável tentáculo,
Da onde fluíam as ondas cuja combinação, sem nexo
Dá a cada frágil cosmo sua lei eterna e sustentáculo.
Disse o demônio, "Mensageiro Dele sou",
E, com desprezo, a cabeça de seu Amo golpeou.

---

[*] A maior divindade dos Mitos de Cthulhu; também chamado de
"Deus Idiota Cego".

XXIII. Mirage[*]

I do not know if ever it existed—
That lost world floating dimly on Time's stream—
And yet I see it often, violet-misted,
And shimmering at the back of some vague dream.
There were strange towers and curious lapping rivers,
Labyrinths of wonder, and low vaults of light,
And bough-crossed skies of flame, like that which quivers
Wistfully just before a winter's night.

Great moors led off to sedgy shores unpeopled,
Where vast birds wheeled, while on a windswept hill
There was a village, ancient and white-steepled,
With evening chimes for which I listen still.
I do not know what land it is—or dare
Ask when or why I was, or will be, there.

---

[*] This Lovecraft sonnet was set to music by his friend Harold S. Farnese and performed in 1932. Sheet music was printed after Lovecraft's death. Performances were finally recorded in 2016 by Fedogan & Bremer for the album *H.P. Lovecraft's Fungi from Yuggoth and Other Poems*.

XXIII. Miragem[*]

Não sei se um dia existiu realmente –
Aquele mundo perdido que na corrente do tempo flutuava –
Mas mesmo assim, entre a névoa roxa, vejo-o frequente-
    mente,
E bruxuleando ao fundo de algo com que sonhava.
Havia torres estranhas e rios curiosos,
Labirintos de espanto, espaços iluminados minúsculos,
E ares cortados por galhos nodosos,
Céus repletos do mesmo fogo que treme nos crepúsculos.

Grandes charcos conduziam a uma praia deserta,
Onde enormes pássaros dançavam numa colina varrida
    pelo vento
Então havia um vilarejo de torres brancas e idade incerta,
Com carrilhões noturnos por cujo lamento
Ainda anseio. Não sei que terra é aquela – e nem ouso
Perguntar quando ou como lá tive, ou terei, meu repouso.

---

[*] Este soneto de Lovecraft foi musicado por seu amigo Harold S. Farnese e executado em 1932. As partituras foram impressas após a morte de Lovecraft. As apresentações foram finalmente gravadas em 2016 por Fedogan & Bremer para o álbum *H.P. Lovecraft's Fungi from Yuggoth and Other Poems.*

XXIV. THE CANAL

Somewhere in dream there is an evil place
Where tall, deserted buildings crowd along
A deep, black, narrow channel, reeking strong
Of frightful things whence oily currents race.
Lanes with old walls half meeting overhead
Wind off to streets one may or may not know,
And feeble moonlight sheds a spectral glow
Over long rows of windows, dark and dead.

There are no footfalls, and the one soft sound
Is of the oily water as it glides
Under stone bridges, and along the sides
Of its deep flume, to some vague ocean bound.
None lives to tell when that stream washed away
Its dream-lost region from the world of clay.

XXIV. O Canal

Em alguma parte do sonho há um maligno lugar
Onde sombrios prédios altos e abandonados se amontoam
    em torno
De um canal estreito, negro, que exala o cheiro medonho
De coisas assustadoras que nas águas oleosas se lançam a
    nadar.
Alamedas com muros velhos que no alto quase se tocam
Vão dar em lugares talvez desconhecidos, ruas tortas,
E o débil luar projeta um brilho fantasmagórico
Nas longas fileiras escuras de janelas mortas.

Não há o som de passos; ruído, só existe um,
É o das águas oleosas enquanto escorrem
Sob pontes de pedra e pelas margens percorrem
O caminho de seu leito profundo rumo a mar algum.
Ninguém há mais para contar quando foi que a corrente
Arrastou sua terra sonâmbula para fora do mundo vivente.

XXV. ST. TOAD'S

"Beware St. Toad's cracked chimes!" I heard him scream
As I plunged into those mad lanes that wind
In labyrinths obscure and undefined
South of the river where old centuries dream.
He was a furtive figure, bent and ragged,
And in a flash had staggered out of sight,
So still I burrowed onward in the night
Toward where more roof-lines rose, malign and jagged.

No guide-book told of what was lurking here—
But now I heard another old man shriek:
"Beware St. Toad's cracked chimes!" And growing weak,
I paused, when a third greybeard croaked in fear:
"Beware St. Toad's cracked chimes!" Aghast, I fled—
Till suddenly that black spire loomed ahead.

XXV. Igreja de St. Toad

"Cuidado com os sinos rachados da igreja de St. Toad!"
    ouvi-o gritar
Enquanto me lançava nas alamedas insanas de círculos
    infinitos
Que desembocam em obscuros e indefinidos labirintos
Ao sul do rio onde os antigos séculos se põem a delirar.
Ele era uma figura furtiva, maltrapilha, de costas curvadas,
E num piscar de olhos havia me deixado sozinho,
Então pela noite insisti em meu caminho
Rumo ao lugar onde mais torres se erguiam, malignas e
    quebradas.

Nenhum mapa mostrava o que haveria neste setor
Da cidade, mas agora eu ouvia outro velho gritar:
"Cuidado com os sinos rachados da igreja de St. Toad!", e
    senti-me fraquejar,
Parando, quando um terceiro ancião bradou, com terror:
"Cuidado com os sinos rachados da igreja de St. Toad!".
    Enojado, fugi
Até que aquela torre negra, diante de mim e sem aviso, vi.

XXVI. THE FAMILIARS

John Whateley[*] lived about a mile from town,
Up where the hills began to huddle thick;
We never thought his wits were very quick,
Seeing the way he let his farm run down.
He used to waste his time on some queer books
He'd found around the attic of his place,
Till funny lines got creased into his face,
And folks all said they didn't like his looks.

When he began those night-howls we declared
He'd better be locked up away from harm,
So three men from the Aylesbury town farm
Went for him—but came back alone and scared.
They'd found him talking to two crouching things
That at their step flew off on great black wings.

---

[*] This is a character from Lovecraft's short story *The Dunwich Horror*.

XXVI. OS FAMILIARES

John Whateley[*] vivia a uma milha da cidade,
Lá onde as colinas se aglomeram bem de perto;
Nunca imaginamos que fosse muito esperto,
Vendo que sua fazenda era uma calamidade.
Em livros esquisitos desperdiçava sua paciência,
Livros que havia achado no sótão de seu lar
Até que, estranhamente, seu rosto começou a enrugar
E o pessoal disse que não gostava mais de sua aparência.

Quando ele começou a uivar à noite obtivemos atestados
De que para seu próprio bem era melhor interná-lo.
Então três homens de Aylesbury vieram pegá-lo
Mas voltaram sozinhos e assustados.
Tinham-no visto, agachado, a conversar
Com duas coisas que abriram asas negras e saíram a voar.

---

[*] Este é um personagem do conto de Lovecraft, *O horror de Dunwich*.

XXVII. THE ELDER PHAROS[*]

From Leng,[†] where rocky peaks climb bleak and bare
Under cold stars obscure to human sight,
There shoots at dusk a single beam of light
Whose far blue rays make shepherds whine in prayer.
They say (though none has been there) that it comes
Out of a pharos in a tower of stone,
Where the last Elder One lives on alone,
Talking to Chaos with the beat of drums.

The Thing, they whisper, wears a silken mask
Of yellow,[‡] whose queer folds appear to hide
A face not of this earth, though none dares ask
Just what those features are, which bulge inside.
Many, in man's first youth, sought out that glow,
But what they found, no one will ever know.

---

[*] This Lovecraft sonnet was set to music by his friend Harold S. Farnese and performed in 1932. Sheet music was printed after Lovecraft's death. Performances were finally recorded in 2016 by Fedogan & Bremer for the album *H.P. Lovecraft's Fungi from Yuggoth and Other Poems.*

[†] The Plateau of Leng is a fictional location in Central Asia where different realities converge.

[‡] This is probably the King in Yellow, a mysterious deity created by Robert W. Chambers. See the short story *The Yellow Sign.*

XXVII. O Antigo Farol[*]

Em Leng,[†] onde picos rochosos erguem-se nus e escarpados,
Sob estrelas frias que o olho humano é incapaz de ver,
Parte um único jato de luz, sempre ao anoitecer
Cujos distantes raios azuis lançam os pastores em oração.
Dizem que ele vem, embora ninguém lá tenha estado,
De um farol numa torre de pedra onde, segundo seus
    temores,
O último dos Antigos vive na solidão,
Falando com o Caos por meio de tambores.

A Coisa, eles sussurram, usa uma máscara amarela[‡]
De seda, cujas dobras bizarras parecem ocultar
Um rosto não desta Terra, embora ninguém ouse perguntar
Exatamente que face seria aquela.
Muitos, na infância da humanidade, a luz do farol buscaram,
Mas ninguém jamais saberá o que lá encontraram.

---

[*] Este soneto de Lovecraft foi musicado por seu amigo Harold S. Farnese e executado em 1932. As partituras foram impressas após a morte de Lovecraft. As apresentações foram finalmente gravadas em 2016 por Fedogan & Bremer para o álbum *H.P. Lovecraft's Fungi from Yuggoth and Other Poems.*

[†] O Planalto de Leng é um local fictício na Ásia Central para onde convergem diferentes realidades.

[‡] Este é provavelmente o Rei de Amarelo, uma divindade misteriosa criada por Robert W. Chambers. Veja o conto *O Emblema Amarelo.*

XXVIII. EXPECTANCY

I cannot tell why some things hold for me
A sense of unplumbed marvels to befall,
Or of a rift in the horizon's wall
Opening to worlds where only gods can be.
There is a breathless, vague expectancy,
As of vast ancient pomps I half recall,
Or wild adventures, uncorporeal,
Ecstasy-fraught, and as a day-dream free.

It is in sunsets and strange city spires,
Old villages and woods and misty downs,
South winds, the sea, low hills, and lighted towns,
Old gardens, half-heard songs, and the moon's fires.
But though its lure alone makes life worth living,
None gains or guesses what it hints at giving.

XXVIII. EXPECTATIVA

Não sei dizer por que algumas coisas em mim suscitam
Um senso de maravilhas insondáveis em monte
Ou de uma brecha na muralha do horizonte
Abrindo-se para mundos onde apenas deuses habitam.
Há uma expectativa vaga que me deixa sem ar,
De vastas pompas antigas, quase imemoriais,
De aventuras selvagens, imateriais,
Cheias êxtase, como um livre delirar.

É nos crepúsculos e em estranhas torres urbanas,
Velhos vilarejos e bosques, várzeas com neblina,
Ventos do sul, o mar, cidades iluminadas, colinas,
Velhos jardins, canções entreouvidas, lunares flamas.
Mas embora essa sedução seja tudo o que faz valer a pena
    viver,
Ninguém recebe ou adivinha o que ela insinua oferecer.

XXIX. NOSTALGIA

Once every year, in autumn's wistful glow,
The birds fly out over an ocean waste,
Calling and chattering in a joyous haste
To reach some land their inner memories know.
Great terraced gardens where bright blossoms blow,
And lines of mangoes luscious to the taste,
And temple-groves with branches interlaced
Over cool paths—all these their vague dreams show.

They search the sea for marks of their old shore—
For the tall city, white and turreted—
But only empty waters stretch ahead,
So that at last they turn away once more.
Yet sunken deep where alien polyps throng,
The old towers miss their lost, remembered song.

XXIX. NOSTALGIA

Uma vez a cada ano, no outono de luz melancólica,
Os pássaros sobrevoam uma vastidão do mar,
Gritam e cantam, apressando-se para alcançar
Uma terra que sua memória íntima evoca.
Grandes jardins suspensos onde balançam flores em botão,
E fileiras de mangas luxuriantes ao paladar,
E pomares de templos, com os ramos entrelaçados no ar
Sobre caminhos frescos – tudo isso seus vagos sonhos
    mostram.

Eles vasculham o mar por sinais do litoral antigo –
Por uma cidade de torres altas, branca e imponente –
Mas apenas as águas vazias encontram à frente,
E então, por fim, desistem de buscar o abrigo.
Mas nas profundezas, onde crescem pólipos estranhos,
As velhas torres têm saudade das canções perdidas de
    antanho.

XXX. BACKGROUND

I never can be tied to raw, new things,
For I first saw the light in an old town,
Where from my window huddled roofs sloped down
To a quaint harbour rich with visionings.
Streets with carved doorways where the sunset beams
Flooded old fanlights and small window-panes,
And Georgian steeples topped with gilded vanes—
These were the sights that shaped my childhood dreams.

Such treasures, left from times of cautious leaven,
Cannot but loose the hold of flimsier wraiths
That flit with shifting ways and muddled faiths
Across the changeless walls of earth and heaven.
They cut the moment's thongs and leave me free
To stand alone before eternity.

XXX. PANO DE FUNDO

Nunca poderei me apegar a coisas novas, selvagens,
Pois vi a luz pela primeira vez numa velha cidade,
Onde de minha janela desciam telhados de grande idade,
Rumo a um porto delicado e rico em paisagens.
Ruas onde os raios do poente atingiam antigos umbrais
Entalhados, inundando janelas em arco e pequenos vitrais,
E torres georgianas encimadas com dourados cata-ventos –
Essas visões moldaram, de minha infância, os sonhos e os
        momentos.

Tesouros assim, deixados de tempos de cuidadoso fermento,
Não podem evitar vencer o apelo das aparições inconstantes
Que dançam, com crenças turvadas e modos mutantes,
Diante das muralhas fixas da Terra e do Firmamento.
Eles cortam as amarras do agora e dão-me a liberdade
De me manter, só, diante da eternidade.

XXXI. THE DWELLER

It had been old when Babylon was new;
None knows how long it slept beneath that mound,
Where in the end our questing shovels found
Its granite blocks and brought it back to view.
There were vast pavements and foundation-walls,
And crumbling slabs and statues, carved to show
Fantastic beings of some long ago
Past anything the world of man recalls.

And then we saw those stone steps leading down
Through a choked gate of graven dolomite
To some black haven of eternal night
Where elder signs[*] and primal secrets frown.
We cleared a path—but raced in mad retreat
When from below we heard those clumping feet.

---

[*] A magical symbol that protects against supernatural creatures.

XXXI. O HABITANTE

Já era velho quando Babilônia era recente
Ninguém sabe por quanto tempo esteve sob a terra,
Até que, por fim, nossa escavação encontrou
Seus blocos de granito e o trouxe para o presente.
Havia amplos pavimentos, alicerces e fulcros,
Grandes pedras e estátuas, sepulcros
Mostrando seres fantásticos de muito tempo atrás,
De uma época de que o mundo não se lembra mais.

E então vimos os degraus de pedra conduzindo para baixo,
Por um portão estreito de dolomita entalhada
A um refúgio negro onde a noite segue inacabada,
Onde ocultam-se antigos símbolos[*] e segredos imortais.
Abrimos caminho – mas fugimos em louca retirada
Quando ouvimos, claudicantes, aqueles passos ancestrais.

---

[*] Um símbolo mágico que protege contra criaturas sobrenaturais.

XXXII. ALIENATION

His solid flesh had never been away,
For each dawn found him in his usual place,
But every night his spirit loved to race
Through gulfs and worlds remote from common day.
He had seen Yaddith,[*] yet retained his mind,
And come back safely from the Ghooric zone,[†]
When one still night across curved space was thrown
That beckoning piping from the voids behind.

He waked that morning as an older man,
And nothing since has looked the same to him.
Objects around float nebulous and dim—
False, phantom trifles of some vaster plan.
His folk and friends are now an alien throng
To which he struggles vainly to belong.

---

[*] Fictional planet populated by monstrous aliens.

[†] An underground cavern with a putrid lake on the plant Yuggoth.

XXXII. ALIENAÇÃO

Em carne e osso nunca esteve longe,
Pois a alvorada sempre o achava em seu lugar,
Mas toda noite seu espírito adorava voar
Por espaços e mundos distantes dos dias de hoje.
Viu Yaddith[*] e não perdeu a mente, este sonhador,
E voltou em segurança da zona Ghoórica,[†]
Onde a curvatura do espaço lançou, numa noite histórica,
O som apaixonante das flautas do vácuo interior.

Pela manhã, acordou um homem velho,
E desde então nada mais lhe pareceu mesmo.
Os objetos ao redor eram vagos e flutuavam a esmo –
Falsidades, sombras irrelevantes de algo espetacular.
Parentes e amigos agora são uma multidão estranha
À qual ele tenta, em vão, se integrar.

---

[*] Planeta fictício povoado por alienígenas monstruosos.

[†] Uma caverna subterrânea com um lago pútrido no planeta Yuggoth.

XXXIII. Harbour Whistles

Over old roofs and past decaying spires
The harbour whistles chant all through the night;
Throats from strange ports, and beaches far and white,
And fabulous oceans, ranged in motley choirs.
Each to the other alien and unknown,
Yet all, by some obscurely focussed force
From brooding gulfs beyond the Zodiac's course,
Fused into one mysterious cosmic drone.

Through shadowy dreams they send a marching line
Of still more shadowy shapes and hints and views;
Echoes from outer voids, and subtle clues
To things which they themselves cannot define.
And always in that chorus, faintly blent,
We catch some notes no earth-ship ever sent.

XXXIII. APITOS DO PORTO

Por sobre velhos terraços e torres decadentes,
Após o entardecer os apitos do porto cantam nas trevas;
Vozes de longínquas terras, de alvas praias diferentes,
E de fabulosos oceanos, dão forma a um coral sem regras.
Cada uma, estranha e desconhecida para as demais,
Mas todas, focalizadas por meio de obscuros sinais
Vindos dos espaços além da trajetória do Zodíaco,
Fundidas em um cósmico murmúrio demoníaco.

Através de sonhos tenebrosos elas fazem marchar
Formas ainda mais tenebrosas, indícios e visões;
Ecos de vácuos externos, suaves impressões
De coisas que nem as vozes podem explicar.
E sempre em meio ao coro, de forma sutil
Captamos notas que nenhum navio jamais emitiu.

XXXIV. RECAPTURE

The way led down a dark, half-wooded heath
Where moss-grey boulders humped above the mould,
And curious drops, disquieting and cold,
Sprayed up from unseen streams in gulfs beneath.
There was no wind, nor any trace of sound
In puzzling shrub, or alien-featured tree,
Nor any view before—till suddenly,
Straight in my path, I saw a monstrous mound.

Half to the sky those steep sides loomed upspread,
Rank-grassed, and cluttered by a crumbling flight
Of lava stairs that scaled the fear-topped height
In steps too vast for any human tread.
I shrieked—and *knew* what primal star and year
Had sucked me back from man's dream-transient sphere!

XXXIV. RECAPTURA

O caminho levava a uma clareira na folhagem
Onde pedras cinzentas com musgo se erguiam
E respingos, gelados e incômodos, choviam
Vindos de correntezas ocultas no fundo da voragem.
Não havia vento, nenhum rumor impreciso
Em planta inquietante ou árvore estranha,
Até que, no meio de meu caminho, sem aviso
Vi uma monstruosa montanha.

Até cobrir metade do céu erguiam-se os planos soberanos,
Manchados de grama e atulhados por escadarias de lava
Em ruínas, que subiam a alturas onde o medo dominava,
Em degraus vastos demais para acomodar passos humanos.
Gritei – e *soube* qual a estrela e qual o ano, primordiais,
Que me haviam arrancado do efêmero mundo dos mortais!

XXXV. EVENING STAR

I saw it from that hidden, silent place
Where the old wood half shuts the meadow in.
It shone through all the sunset's glories—thin
At first, but with a slowly brightening face.
Night came, and that lone beacon, amber-hued,
Beat on my sight as never it did of old;
The evening star—but grown a thousandfold
More haunting in this hush and solitude.

It traced strange pictures on the quivering air—
Half-memories that had always filled my eyes—
Vast towers and gardens; curious seas and skies
Of some dim life—I never could tell where.
But now I knew that through the cosmic dome
Those rays were calling from my far, lost home.

XXXV. ESTRELA VÉSPER

Eu a vi a partir do lugar quieto e recôndito
Onde a clareira quase se fecha no bosque circundante.
Sua luz atravessava toda a glória do ocaso,
Tênue a princípio, mas cada vez mais abundante.
Aquele farol solitário, da cor do âmbar, na escuridão
Atingiu como nunca antes minha visão;
A Estrela Vésper – mil vezes mais assombrosa,
Em meio à solidão silenciosa.

Ela traçava estranhas figuras no ar que vibrava –
Quase-lembranças que sempre enchiam meus pensamentos –
Vastas torres e jardins; curiosos mares e firmamentos
De uma vida difusa – nunca soube onde ficava.
Mas agora eu sabia que de além da cúpula do céu
Os raios me chamavam para o lar perdido meu.

XXXVI. CONTINUITY

There is in certain ancient things a trace
Of some dim essence—more than form or weight;
A tenuous aether, indeterminate,
Yet linked with all the laws of time and space.
A faint, veiled sign of continuities
That outward eyes can never quite descry;
Of locked dimensions harbouring years gone by,
And out of reach except for hidden keys.

It moves me most when slanting sunbeams glow
On old farm buildings set against a hill,
And paint with life the shapes which linger still
From centuries less a dream than this we know.
In that strange light I feel I am not far
From the fixt mass whose sides the ages are.

XXXVI. CONTINUIDADE

Há em algumas coisas antigas um traço
De uma essência difusa – mais que forma ou matéria,
Algo tênue, e indeterminado, uma substância etérea
Mas ligada a todas as leis do tempo e do espaço.
Um sinal velado e débil de continuidades
Que os olhos externos não podem desmentir de vez;
De dimensões trancadas, contendo eras sepultas
E fora de alcance, exceto por chaves ocultas.

Fico comovido quando os raios inclinados do Sol brilham
Sobre velhas casas de fazenda ao pé de uma serra,
E tingem de vida as formas que ainda ensinam
Sobre séculos mais reais que este aqui na Terra.
Nessa luz estranha sinto que não estou longe
Da massa imóvel que é emparedada pelas eras.

O Livro

por H.P. Lovecraft

As minhas recordações são muito confusas. Há mesmo muitas dúvidas quanto ao seu início, pois, por vezes, sinto que se estendem atrás de mim espantosas perspectivas de anos, enquanto outras vezes parece que o momento presente é um ponto isolado num infinito cinzento e sem forma. Nem sequer tenho a certeza de como estou a transmitir esta mensagem. Embora saiba que estou a falar, tenho a vaga impressão de que será necessária uma estranha e talvez terrível mediação para levar o que digo até aos pontos onde desejo ser ouvido. Também a minha identidade é desconcertantemente turva. Parece que sofri um grande choque - talvez por causa de um resultado absolutamente monstruoso dos meus ciclos de experiência única e incrível.

Estes ciclos de experiência, claro, têm todos origem naquele livro cheio de vermes. Lembro-me de quando o encontrei - num local pouco iluminado, perto do rio negro e oleoso onde as brumas rodopiam sempre. O lugar era muito antigo, e as prateleiras do teto, cheias de volumes apodrecidos, estendiam-se interminavelmente por salas interiores e alcovas sem janelas. Havia, além disso, grandes montes de livros sem forma no chão e em caixotes toscos; e foi num desses montes que encontrei a coisa. Nunca cheguei a saber o seu título, pois faltavam as primeiras páginas; mas abriu-se perto do fim e deu-me um vislumbre de algo que me fez revirar os sentidos.

Havia uma fórmula - uma espécie de lista de coisas a dizer e a fazer - que eu reconheci como algo negro e proibido; algo que eu já tinha lido antes em parágrafos furtivos de um misto de repulsa e fascínio escritos por aqueles estranhos e antigos investigadores dos segredos guardados do universo, cujos textos decadentes eu adorava absorver. Era uma chave - um guia - para certos portais e transições a respeito dos quais os místicos sonhavam e sussurravam desde que a raça era jovem, e que conduziam a liberdades e descobertas para além das três dimensões e reinos da vida e da matéria que conhecemos. Durante séculos, nenhum homem recordou a sua substância vital ou soube onde encontrá-la, mas este livro era de fato muito antigo. Nenhuma prensa de impressão, mas a mão de algum monge meio louco, havia traçado essas frases latinas sinistras em unciais de impressionante antiguidade.

Lembro-me de como o velhote olhou de soslaio e fez um sinal curioso com a mão quando a levei embora. Tinha-se recusado a receber pagamento por ela e só muito tempo depois é que percebi o porquê. Quando me apressei a regressar a casa através daquelas ruas estreitas, sinuosas e envoltas em névoa à beira-mar, tive a impressão assustadora de estar a ser seguido furtivamente por pés que se moviam suavemente. As casas centenárias e cambaleantes de ambos os lados pareciam vivas com uma malignidade fresca e mórbida - como se algum canal até então fechado de compreensão maligna tivesse sido abruptamente aberto. Senti que aquelas paredes e empenas suspensas de tijolo bolorento e gesso e madeira fungosos - com janelas de pálpebras e vidros de diamante que olhavam de soslaio - dificilmente desistiriam de avançar e esmagar-me... no entanto, eu tinha lido apenas o menor fragmento daquela runa blasfema antes de fechar o livro e levá-lo embora.

Lembro-me de como finalmente li o livro - de cara branca, e trancado no quarto do sótão que há muito dedicava a estranhas pesquisas. A grande casa estava muito quieta, pois eu só tinha subido depois da meia-noite. Penso que tinha uma família nessa altura - embora os pormenores sejam muito incertos - e sei que havia muitos criados. Não sei dizer exatamente qual era o ano, pois desde então conheci muitas idades e dimensões, e todas as minhas noções de tempo foram dissolvidas e reformuladas. Era à luz de velas que eu lia - lembro-me do pingar incessante da cera - e havia sinos que vinham de vez em quando de campanários distantes. Parecia que eu seguia esses sinos com uma atenção peculiar, como se temesse ouvir alguma nota muito remota e intrusa entre eles.

Depois veio o primeiro arranhar e remexer na janela de sótão que dava para os outros telhados da cidade. Veio enquanto eu cantava em voz alta a nona estrofe daquele poema primordial, e eu sabia, no meio dos meus tremores, o que significava. Pois quem passa pelos portais ganha sempre uma sombra, e nunca mais pode estar sozinho. Eu tinha evocado - e o livro era de fato tudo o que eu suspeitava. Naquela noite, passei o portal para um vórtice de tempo e visão distorcidos e, quando a manhã me encontrou no quarto do sótão, vi, nas paredes, prateleiras e acessórios o que nunca tinha visto antes.

Também nunca mais pude ver o mundo tal como o conhecia. Misturado com a cena presente estava sempre um pouco do passado e um pouco do futuro, e todos os objectos outrora familiares pareciam estranhos na nova perspetiva trazida pela minha visão alargada. A partir de então, caminhei num sonho fantástico de formas desconhecidas e semi-conhecidas; e a cada novo portal que atravessava, menos claramente conseguia reconhecer as coisas da esfera estreita à qual tinha estado ligado durante tanto tempo. O que eu via à minha volta, mais ninguém via; e tornei-me duplamente silencioso e distante para não ser considerado louco. Os cães tinham medo de mim, porque sentiam a sombra exterior que nunca saía do meu lado. Mas continuei a ler mais - em livros e pergaminhos escondidos e esquecidos, aos quais a minha nova visão me conduziu - e empurrei através de novos portais do espaço, do ser e dos padrões de vida em direção ao núcleo do cosmos desconhecido.

Lembro-me da noite em que fiz os cinco círculos concêntricos de fogo no chão, e fiquei no círculo mais interior a entoar aquela ladainha monstruosa que o mensageiro da Tartária tinha trazido. As paredes derreteram-se e eu fui arrastado por um vento negro através de vazios de um cinzento insondável, com os pináculos em forma de agulha de montanhas desconhecidas a quilômetros abaixo de mim. Passado algum tempo, a escuridão era total, e depois a luz de uma miríade de estrelas que formavam estranhas constelações alienígenas. Por fim, vi uma planície verdejante muito abaixo de mim e distingui nela as torres retorcidas de uma cidade construída de uma forma que eu nunca tinha conhecido, lido ou sonhado. Quando me aproximei dessa cidade, vi um grande edifício quadrado de pedra num espaço aberto e senti um medo horrível a agarrar-me. Gritei e debati-me, e depois de um momento de silêncio estava de novo no meu quarto do sótão, esparramado sobre os cinco círculos fosforescentes no chão. Naquela noite de deambulação não havia mais estranheza do que em muitas outras noites anteriores; mas havia mais terror porque eu sabia que estava mais perto daqueles golfos e mundos exteriores do que alguma vez estivera. Depois disso, fui mais cauteloso com os meus encantamentos, pois não desejava ser separado do meu corpo e da terra em abismos desconhecidos de onde nunca poderia regressar…

SOBRE O AUTOR

Howard Phillips Lovecraft (1890 — 1937) foi um autor e poeta americano de terror, fantasia sombria e ficção estranha. Ele é mais conhecido por sua criação do que se tornou os Mitos de Cthulhu, assim como por ser pioneiro no conceito de "horror cósmico", que continua a influenciar o gênero de terror até hoje. Lovecraft foi incluído no Hall da Fama da Ficção Científica e Fantasia em 2016.

SOBRE O TRADUTOR

Carlos Orsi é jornalista e escritor brasileiro. Atualmente mais conhecido por seu trabalho em comunicação científica e divulgação da ciencia, já publicou diversos contos e novelas de fantasia e terror cósmico. Também foi responsável pela introdução e notas de exlicativas da edição brasileira de *O Rei de Amarelo*.